心をひろげて

Momiji Kotohira

琴平 もみじ

文芸社

心
たった一言で傷つき、涙で溢れ壊れるもの
たった一言で笑顔になり、優しさに包まれるもの

ほんの小さなことで、
嘘が疑いを呼び、一人ぼっちにして弱くなるもの
ほんの小さなことで、
信頼から絆が生まれ、手をとりあい強くなるもの

一瞬一瞬、移り変わる心の中で、
どんな心の時もそっと寄り添うように、
この言葉たちが、あなたの心をひろげてゆけたら嬉しいです

たった一つしかない心
あなたの心が笑顔で光り、希望で満ちてゆきますように

contents

ヒコウキ雲　*6*

Shine!!　*8*

写真立て　*10*

ぽかぽか　*12*

Song for you……　*14*

チョコレート　*16*

裸足のままで　*18*

恋模様　*20*

Space travel　*22*

サンドイッチ　*24*

Clear color　*26*

ありがとうのつづき　*28*

真夏のSky泥棒　*30*

心の中に　*34*

ひらり　*36*

僕らの光　*38*

笑顔の誓い　*40*

Photo　琴平 もみじ

ヒコウキ雲

fly to the free world
探しに行こうよ
あの飛行機雲のように　真っすぐ進め

ムダなものは　世の中に溢れかえって
選べないで　決められないで　捨て方も知らない
溢れている情報に呑みこまれる
そのくせに欲望は大好きで

自分勝手で　欲張りなパイロットは
コースを外して何処へ向かう？
焦らないで　もっと自由に飛んでみよう

fly to the free world
次へ進むべき場所は　僕らが一番知っているはず
あの飛行機はどうしたんだろう
見失った夢をもう一度　探しに行こう

はめられた枠の中　もがきながら
声にならない痛み受けとめ　癒し方も知らない

ありのままでいることは　そんなに悪いことなの？
誰もみんな　生まれた時　涙流して泣いたでしょう

fly to the free world
次へ進もうよ　時間は待ってくれない　知っているはず
あの飛行機を探しに来たんだ
見失った愛をもう一度　確かめるため

fly to the free world
we can get power of dream
次へ進むべき場所は　僕らが一番知っているから
あの飛行機にエンジンかけたら
見失った夢と愛　エネルギーに変えて
飛行機雲を　僕はつくるよ

Shine!!

Shine Shine!!　君の人生さ
たったひとつの大きな花　きっと咲かせようよ
夢見てた　あの日のように

うつむいてた昨日の夜にサヨナラしよう
描くだけではダメだって誰かが言ってた

君の夢　僕の夢　まだ知らないあなたの夢
この熱い太陽にだって負けはしない

Shine Shine!!　君の人生を
たったひとつの大きな夢に懸けてみようよ
ずっときらめくはずさ　君が諦めなければ
胸張って行こう
まだ見えない　地平の彼方

「輝きは永遠には続かない」という
守るだけではダメだって未来が言ってる

壊れても　散らばっても　拾い集めて無限の夢
この熱い太陽にだって曇りの日もある

もっと輝かせようよ
もしも風が止まってもいいじゃない　走ろうよ
自分の力で　そう　咲かせるんだ
色のない　この世界に

Shine Shine it's only your life
たったひとつの大きな花を君とふたりで
夢見てたあの日のように
きっと咲かせるよ
たったひとつの大きな夢よ　輝け!!

写真立て

新しい写真立て　部屋に飾った
まだ何も入れないままで
真っ白な壁が　なぜかセピア色に見えた
まだ心は　あの日のままで

とっくに外は春になっているのに
変われないのは僕だけ　still　まだできない

風が吹くように　心も一瞬で変われたなら
新しい季節を受け入れられるのに
春の風に飛んでいった　消えていった
君の心はとっくに……

新しい街でさ　元気に暮らしてる？
変わらない笑顔のままで
真っ青な空が　君につながっているから
また僕は歩き出せたよ

負けないでと春が背中押してくれた気がした
逃がさない　chance　手を伸ばそう

君に届くように　心ごと一瞬で伝えたい
悲しい季節でも乗り越えてゆける
強さ君に届け　いつまでも　いつまでも
君の心は春色

思い出はまた増えてゆくけど　君と過ごした季節
僕の心の中　いつまでも春色

新しい写真立て　部屋に飾った
まだ何も入れないままでいよう
いつか　その時が来たら
それぞれの夢を飾ろう

ぽかぽか

明日がもしも来なかったら　今日が愛しく思える？
無情にも時間は過ぎてゆく
夕日が生みだした切なさ抱えながら　朝日に希望托して

寝ては起きる　くり返しの生活にうんざりな君

今日も　ほら　ぽかぽかのお日様が君のすべて照らしだすよ
悲しい時　太陽を浴びると元気になれるって
あんなにも無邪気だった君は　どこへ行ったの
今日も　ほら　ぽかぽかのお日様が君のすべて照らしだすよ
寂しい時　太陽を浴びると優しくなれるって
白い雲のような君は　どこへ行ったの

誕生日を電車の中で迎えながら揺られる　午前０時
ケーキのろうそく　数は増えてゆくけれど
１本　１本　消してゆくたび笑顔が吹き消される

今夜も　ほら　きらきらのお月様が君のすべて照らしだすよ
「いつでも笑っていられる」そんな楽しいことばかりじゃない
君は冷たく言い放つけれど
今夜も　ほら　きらきらのお月様が君のすべて照らしだすよ
暗闇に魅せられた心　溶かしてゆく
おとめ座から流れ落ちた星は　君の涙なのでしょうか

大人になるたびに　「初めて」が消えてゆく
どんな夢を描いていたのか
わからないほどのスピードの中で

今日も　ほら　ぽかぽかのお日様が君のすべて照らしだすよ
1日として同じ日はないから　毎日が「初めて」になる
ケーキのろうそくに　灯りをともそう
今日も　ほら　ぽかぽかのお日様が僕たちを照らしだすよ
照れ笑いを隠す君の仕草　そばで見つめていたい
お日様が照らす　二人の未来　ぽかぽかの every day

Song for you……

この歌声が君に届くように　涙なんて吹き飛ばそう

悲しい気持ちのときに　独りきりで落ち込まないで
誰かそばにいてほしいときは　迷わずに僕を呼んでね
きっと抱えきれない　誰もが抱いて歩いてる
不安　それでも僕らは明日を信じてる

この歌声が君に届くように　いつも君の笑顔が見たいんだ
気の利いた言葉なんか言えないけど
優しい気持ちになれるなら

悲しい気持ちのときは　人に笑顔で優しくすること
結構できそうで　できないよね　そんなとき僕を呼んでね
そうさ抱えきれない　誰もが夢を描いてる
叶う　信じて僕らは　今日を乗り越える

この歌声を君に届けたい　そばで君を守れないけど
この遠い距離なんかには負けない
I wish your happy life forever

悲しいから……傷つけてもいい
寂しいから……逃げ出してもいい
僕らは未完成なまま　この時代(とき)を描いてゆく

この歌声が君に届くように　涙なんて吹き飛ばそう
数え切れない思い・夢　乗せてゆく
留まることなく　どこまでも
Song for you everyday. Song for you any time
たとえ涙で笑顔が消えそうになったとしても
Always remember song
Your smile is all of me
I wish your happy life forever.....

チョコレート

甘くて　溶けるような恋心
大好きだったよね　　チョコレート
ふしぎだね　どんな味にもなる

キミといたとき　甘いチョコレート
キミと離れたとき　苦いチョコレート
型にいれて　固めてしまえばよかった

どんなかくし味　いれたなら恋心
永遠の味になるの　チョコレート
ふしぎだね　嫌いになれない味さ

ボクの身体(なか)　溶けないチョコレート
まだ残ってる　甘いチョコレート
冷蔵庫に入れたまま　なくせないでいる

いろんな型（かたち）の　チョコレート
キミは　どんな恋好みだったの
まちがってしまったんだね
I miss you.....

キミといたとき　甘いチョコレート
キミと離れたとき　苦いチョコレート
型にいれて　固めてしまえばよかった

同じチョコレート　もう　どこにもない
割れてしまった　チョコレート
なくせないままでいるよ……

裸足のままで

裸足で歩きたくなった　泥まみれの靴　脱ぎ捨てて
ふと見上げた青空は　あの頃と変わらないのに
なぜだろう　涙で滲んでゆく

いつからか　休むことも忘れてしまうような毎日
太陽の風　背に受けて　走りまわる裸足のままで

空に落書きした　想い出たち
雲影に隠れた太陽　探して
夕やけにも気づかず　追いかけた足跡
裸足のまま走った草原　今　どこですか？

裸足で歩けなくなった　描いていた夢　塗りつぶされ
すり切れた傷を隠すように　ハイヒール鳴らして歩く

気がつけば　バンソウコウだらけのmy heart
虹色のドレス　なびかせて　裸足のまま踊るの

郵便はがき

料金受取人払郵便

新宿局承認

7461

差出有効期間
2020年7月
31日まで
（切手不要）

|1|6|0|-|8|7|9|1|

141

東京都新宿区新宿1-10-1

(株)文芸社

愛読者カード係 行

ふりがな お名前		明治　大正 昭和　平成	年生　歳
ふりがな ご住所	□□□-□□□□		性別 男・女
電話番号	（書籍ご注文の際に必要です）	ご職業	
E-mail			
ご購読雑誌(複数可)		ご購読新聞	新聞

最近読んでおもしろかった本や今後、とりあげてほしいテーマをお教えください。

ご自分の研究成果や経験、お考え等を出版してみたいというお気持ちはありますか。

ある　　ない　　内容・テーマ(　　　　　　　　　　　　　　　)

現在完成した作品をお持ちですか。

ある　　ない　　ジャンル・原稿量(　　　　　　　　　　　　　　　)

書 名						
お買上書店	都道府県		市区郡	書店名		書
				ご購入日	年　月　日	

本書をどこでお知りになりましたか?
1. 書店店頭　2. 知人にすすめられて　3. インターネット(サイト名
4. DMハガキ　5. 広告、記事を見て(新聞、雑誌名

上の質問に関連して、ご購入の決め手となったのは?
1. タイトル　2. 著者　3. 内容　4. カバーデザイン　5. 帯
　その他ご自由にお書きください。
(

本書についてのご意見、ご感想をお聞かせください。
①内容について

②カバー、タイトル、帯について

弊社Webサイトからもご意見、ご感想をお寄せいただけます。

ご協力ありがとうございました。
※お寄せいただいたご意見、ご感想は新聞広告等で匿名にて使わせていただくことがあります。
※お客様の個人情報は、小社からの連絡のみに使用します。社外に提供することは一切ありません。

■書籍のご注文は、お近くの書店または、ブックサービス(☎0120-29-962
セブンネットショッピング(http://7net.omni7.jp/)にお申し込み下さい。

色を失くしだした　クレヨンたち

人混みに隠れた太陽　描いて

夕闇にも気づかず　たどり着く明日へ

裸足のまま歩いて　傷をつくったとしても

どこからか聞こえてくる　草原を吹き抜ける風の音符(おと)

道しるべは　太陽が教えてくれる

空に落書きした　想い出たち

心に広がる草原　目指して

青空に浮かぶ　夢のカケラ繋げて走りだそう

裸足のままで

恋模様

こんな夏は初めてだった
たった２ヵ月過ぎただけなのに……
いくつもの恋模様あること知ったよ

君と夏を過ごしたかった　たった２ヵ月だけでもよかった
いくつもの恋模様あること知った夏の日

誰かが誰かを好きになって
それでも叶わない恋がある
誰かが誰かを好きでいて
そしてね　実った恋もある
恋をして　気持ちが一つになることが　すべてじゃないこと
想いを隠して育てる愛もあるんだって知ったんだ

君と夏を過ごせたなら　たった２ヵ月でも幸せ？
いくつもの恋模様あるから
人は本当の愛　見つけることできるよ

誰かが誰かを裏切ってね
それでも手にしたい恋がある
誰かのために裏切れず
そしてね　手にできない恋もある
恋をして　気持ちが一つになっても　そばにいれないこと
想いを隠して消えてゆく愛もあるんだって知ったから

僕らの心　支配しているのは　いくつもの感情

誰かが誰かを好きになって
それでも叶わない恋がある
誰かが誰かを好きでいて
そしてね　実った恋もある
恋をして　気持ちが一つになることが　すべてじゃないこと
想いを隠して育てる愛もあるんだって知った夏

Space travel

Are you ready?　3，2，1……
Here we go!

宇宙に広がる幾千の星　その一つに住む僕ら
まだ知らない　宇宙人(だれか)に会いたくて
高鳴る鼓動　抑えきれずにいるよ

眩しいほどの光　たくさんある中
ひとつ見つけるなんて難しい　見極める目　持ち続けたい

君だけのロケット
打ち上げる準備はいいかい？
パイロットは　君なんだ
操縦しだいで　果てしない場所まで飛んでゆける
さぁ　行こう　Space travel

宇宙は　mystery　何が待っているというの
わからない　宇宙人(だれか)からのメッセージ　聞こえた気がして
鳴りやまないメロディー　流れ続ける　my heart

煌めく星の中　見つけた光
ひとつ手に抱いて飛び立とう　無限大のパワー　放ちながら

僕だけのロケット　打ち上げよう　準備ＯＫ
パイロットは　僕なんだ
行き先なんて　I don't know　心が知ってる
さぁ　行こう　Space travel

夢　愛　希望　エネルギーにして
不安　失望　切り捨ててゆこう　未来へ

飛び続けるよ　迷った時　探してみて
君のロケットを　僕のロケットを
さぁ　行こう　Space travel

Are you ready?　3，2，1……　Here we go!

サンドイッチ

さっさと用事を済まして　キレイな空気吸って
サンドイッチを持って　野原へ出かけよう
相棒のキミがいれば　もっとサイコーさ

不格好のサンドイッチ　ちょっと味見をした
マスタードがピリリと電流が走る
「アナタは何をはさみますか？」

溢れんばかりに甘く　美味しい食材
旬な時を逃がしてまで　やらなきゃいけないこと
濁りきったこの空でさえも　愛しく思える

さっさと用事を済まして　キレイな空気吸って
サンドイッチを持って　野原へ出かけよう
ぐるぐる回る世界さ　今日もケンカが起きる
愛し合うハートが　僕らには必要

ただおいしいだけのサンドイッチよりもね
ちょっとくらい辛くて　まずくっても
それがキミらしさになる　オリジナルの食材を探そう

さっさと用事を済まして　キレイな空気吸って
サンドイッチを持って　野原へ出かけよう
大きな口を開けて　涙ごと食べてしまおう
パンがパサパサになる前に

さっさと用事を済まして　キレイな空気吸って
サンドイッチを持って　野原へ着いたら
ハート型のサンドイッチ　キミにあげるよ
相棒のキミがずっと　そばにいれば
Very Very Happy

Clear color

雲が流れてく
君への想いも　洗い流してしまおう
いつからだろう　この想い気づいたのは
こんなにも　こんなにも　ただ君を愛してた

涙色の空　恋色に染め上げてゆこう
もう一度　歩き出そう　道は一つじゃない
同じこの地球(ほし)で君に出逢えた奇跡
忘れはしない　太陽が赤く染めたあの季節を

雪の中うまってる
小さなつぼみは　いつ咲くのだろう
あの頃の想い　胸に今僕は生きてる
ちっぽけだけど　この世界に僕を誇れるように

レモン色した花　夏の風にトキメキを乗せて
もう二度とふり向かない　僕は歩き出した
まだ知らない　透明色の僕だけの未来
真っ白な空　眺めてる
何色に染めてゆくのだろう

いつかまた、どこかで
君に逢ったら　こう言うよ
「君が好きだった」と

桜色の記憶　つまずいた時　思い出して
かけ出すよ　僕だけの夢を追いかけて
蒼色の風船と涙の空にさよなら告げた
la la la la la la ……

ありがとうのつづき

ありがとうって言っても　終わらない関係がいいね
キミとは　これからもありつづける明日のように

傷ついた時　声かけてくれたり
一緒に泣いてくれるのもいいけど
そればかりが優しさじゃないよね
キミが教えてくれた

他人(ひと)のせいにばかりしないで
本当の自分を　もう一度信じてほしい
見せかけじゃない　キミの優しさ　こころに浸みた

ありがとうって言っても　終わらない関係がいいね
それっきりなんて寂しすぎるから
負けるな！って　背中押してくれた
キミとは　これからもありつづける明日のように
ボクのとなりにいて

ありがちな嘘　見破られた rainy day
今まで過ごしてきた時間(とき)まで
嘘にしないで　壊れかけた my heart
キミが救ってくれた

傷つくこと怖がらないで
新しい扉をキミの手で開いてほしい
見せかけじゃない　キミの強さに　こころが震えた

さよならって言っても　つづきがある二人だから
虹がほほえむ　雨上がりの午後
またね！って　手を振り駆けて行く
キミには　これからもありつづける太陽のように
ボクが照らしてあげる

ありがとうのつづきを　これからも繋げてゆこう
伝えたい想い　こころに溢れてる
終わらない関係　キミといつまでも
ありがとうのつづき

真夏のSky泥棒

はじけてしまえ！
心もそう　体中　溢れる星に酔いしれようよ
忘れてしまえ！
嫌なことも　一晩中　こぼれる涙に溶かしてしまおう

誰かが言ってた　幻は自分を喰い尽し　壊してゆく
それをchanceだと思う？
現実(いま)の自分とさよならする

さらってよ
星屑の船に乗って　夜空に広がる海原へ
逃げるんじゃない　投げ出すんじゃない
恐くないよ
そばには君がいるから　夜空に咲いた恋心
私の心奪った君は真夏のSky泥棒

何が正しい？

私なりの　体中　愛を表現するよ

怯えているの？

昨日流した　一晩中　涙の理由を君だけに言おう

誰かが言ってた　幻は自分を喰い尽し　壊してゆく

それをchanceだと思った

過去(むかし)の自分と向き合うための

流されて

ゴミ屑の川に浮かんで　街中に広がる楽園へ

逃げるんじゃない　投げ出すんじゃない

恐くないよ

そばには君がいるから　もう一度咲いた心の花

咲かせた君は真夏の恋泥棒

誰かが言ってた　幻は自分を喰い尽し　壊してゆく
それをchanceだと思う
現実(いま)の自分とさよならする

さらってよ
星屑の船に乗って　夜空に広がる海原へ
逃げるんじゃない　投げ出すんじゃない
恐くないよ
そばには君がいるから　夜空に咲いた恋心
私の心奪った君は真夏のSky泥棒

心の中に

君と出逢った時と同じ風のにおい
日々に追われた自分を笑う
この夢と引き換えに　何を失くしたのだろう
笑顔　優しさ　すべり落ちてゆく

今の自分をもっと好きになれば
苦しみが消えてなくなるの
忘れかけた　希望が溢れるあの場所へ
忘れない　きっと心だけは

もう　ずいぶんと会っていない　笑顔たちに
今日　久しぶり　話しかけよう
すり切れた心癒やす　自分を失くさぬように
やっと出逢えた　君と共に行こう

今は自分が苦しい　だから逃げだしたいと思っちゃうよね
私らしく歩む道　大丈夫さ
恐がらずに　弱さも味方にして

I don't say give up. I believe my dream.
瞳を閉じれば　聞こえてくるよ
忘れかけた　希望が溢れるあの場所を
忘れない　ずっと心の中に

君と出逢った時と同じ風のにおい
ほほに薫るよ
私らしく歩む道　大丈夫さ
心の中に溢れる希望を信じている

ひらり

ひらり　ひらり
こぼれ落ちるよ　君のその笑顔から
いつか交わした約束はもう叶えられることはない

黒髪に映える　赤い髪飾(かんざし)
見すえた瞳見つめ　染まる雪肌
清らかな川は　すべてを流す
真実はいつか　伝説になった

君と過ごした月日は永遠(とわ)に　進むこともなく
悲しみが　この空を舞う

ひらり　ひらり
こぼれ落ちるよ　君のその笑顔から
いつか交わした約束はもう叶えられることはない
戻ることもできないままに　君はもう遠い天女(ひと)
君の涙がこぼれ落ちて　僕の胸に流れ星

薄紅の季節　紅い振袖
初化粧映える　春風の水面

胸に仕舞った置き去りの愛　育むこともなく
愛しさが　痛みだけ誘う

ひらり　ひらり
記憶たどって　君の幻(おもかげ)を見た
切な色した痛み恋が　胸をただ締めつける
ひらり　愛は
現世(いま)も失くせず　君とその笑顔だけ
いつか交わした約束をきっと叶えられる僕になるよ

ひらり　ひらり
春風に乗り　やがて明けてゆく空
君のまなざし　微笑んでるよう　僕に語りかける花びら

ひらり　ひらり
こぼれ落ちるよ　君のその笑顔から
あの日　交わした約束の日が明日やって来るよ

僕らの光

心の奥に　君が築いたユメ
「誰かのために僕ができることをしたい」
こんな世界で　人を救う難しさ
知っている僕らができること何だろう？

please tell me　平和の力　この手に
教えて　伝えてゆこう　コトバの力で

強い風が吹いても　凍える冬が来ても
暖かい春は必ず来るから
輝く太陽のように　雄大な空のように
包みこんで　世界の光を

生まれなくていい　人間なんていない
「ひとつだけの使命　誰でも持っている」
こんな世界で　君を救ってあげたい
知っている僕らができること探そう

give me the power　信じる力　我が胸に
守って　貫いてゆこう　確信の剣

伝わらない情熱　叶わない願いない
暖かい風が今日も吹くから
君と僕二人の力　大きなかけ橋になる
包みこもう　僕らの光で

please tell me
平和の力　この手に
教えて　伝えてゆこう　コトバの力で

伝わらない情熱　叶わない願いない
暖かい風が今日も吹くから
強い風が吹いても　凍える冬が来ても
暖かい春は必ず来るから
輝く太陽のように　雄大な空のように
包みこもう　僕らの光で

笑顔の誓い

ほんとうの苦しみを知ったときに　心は強くなれるんだ
年齢も性格も違うからこそ
僕らはひとつになれる喜びを感じられる

誰にも見えない心の悩み　君のその笑顔で希望に変わる

笑顔で誓いを果たそうよ　君との約束のため
過ぎた時間は　もう戻せないけれど
同じ使命を持つ僕らは　どこにいても　ひとつなんだ

大切なこと　それは　諦めないこと
君を信じている仲間が　いつでも　そばにいるよ
あの日　僕が感じたように

たまにはね　時間を留守番させて　心の空とにらめっこ
今の君が輝いているのは
昨日の弱さを越えたからなんだね

どんなに願っていても　じっとしていたら叶わない
夢はどんなときでも　行動という勇気と共に生まれる

君よ　笑顔をふりまいて　強い意志を持つ乙女よ
大切な人を守るため戦う　情熱の眼差し
瞳の色が違っていても　僕ら何も変わらないよ
大切なこと　それは　信じる心
深く刻まれた「出会い」に　胸を高鳴らせ
君と心を重ねて歩く

笑顔で誓いを果たそうよ　君との約束のため
過ぎた時間は　もう戻せないけれど
同じ使命を持つ僕らは　どこにいても　ひとつなんだ
大切なこと　それは　諦めないこと
君を信じている仲間が　いつでも　そばにいるよ
あの日　僕が感じたように

今　走り出す
君との誓いを胸に光らせながら

私は、笑うことが好きです
笑顔を見ると、心が温かくなり、
誰かを喜ばせたり、励ますことで、私も元気になります

「あなたが笑顔になることで、大切な人を笑顔にできる」
そう、思います

この作品の言葉たちが、
その笑顔の力になれることを信じて……

そして、この本を読んでくださったすべての人に
心からのありがとう

著者プロフィール

琴平 もみじ（ことひら もみじ）

1985年11月1日、神奈川県生まれ。
高校時代から詩を書き始める。「作詞風」の文章を得意とする。
趣味　アクセサリー作り、写真を撮ること。

心をひろげて

2018年12月15日　初版第1刷発行

著　者　琴平 もみじ
発行者　瓜谷 綱延
発行所　株式会社文芸社
　　　　〒160-0022　東京都新宿区新宿1-10-1
　　　　　　電話　03-5369-3060（代表）
　　　　　　　　　03-5369-2299（販売）

印刷所　株式会社平河工業社

©Momiji Kotohira 2018 Printed in Japan
乱丁本・落丁本はお手数ですが小社販売部宛にお送りください。
送料小社負担にてお取り替えいたします。
本書の一部、あるいは全部を無断で複写・複製・転載・放映、データ配信することは、法律で認められた場合を除き、著作権の侵害となります。
ISBN978-4-286-19867-5